Analyse de l'œuvre

Par Marine Everard
et Apolline Boulanger

La Mort du roi Tsongor

de Laurent Gaudé

lePetitLittéraire.fr

Rendez-vous sur lepetitlitteraire.fr et découvrez :

Plus de 1200 analyses
Claires et synthétiques
Téléchargeables en 30 secondes
À imprimer chez soi

LAURENT GAUDÉ

DRAMATURGE, ROMANCIER ET NOUVELLISTE FRANÇAIS

- **Né en 1972 à Paris**
- **Quelques-unes de ses œuvres :**
  - *Le Soleil des Scorta* (2004), roman
  - *Eldorado* (2006), roman
  - *Écoutez nos défaites* (2016), roman

Laurent Gaudé est un écrivain et dramaturge français né à Paris en 1972. Auteur à succès, ses romans lui ont déjà rapporté plusieurs prix littéraires dont le Goncourt en 2004 pour *Le Soleil des Scorta*.

Principalement connu pour ses romans, c'est pourtant à la scène que cet ancien élève de lettres modernes, auteur d'une thèse sur le théâtre contemporain, consacre une bonne partie de sa carrière littéraire. Plusieurs de ses pièces, dont *Combats de possédés* (1999) ou *Pluie de cendres* (2001), ont été jouées à travers toute l'Europe.

Son œuvre romanesque, puisant aussi bien aux sources de l'actualité (*Eldorado* ; *Ouragan*, 2010) qu'à celles de la mythologie antique (*La Mort du roi Tsongor*, 2002 ; *La Porte des Enfers*, 2008), tire sa singularité d'un univers très symbolique et d'une inspiration dramatique.

LA MORT DU ROI TSONGOR

UNE FABLE ÉPIQUE AU CŒUR DE L'AFRIQUE

- **Genre** : roman
- **Édition de référence** : *La Mort du roi Tsongor*, Arles, Actes Sud, coll. « Babel », 2002, 208 p.
- **1ʳᵉ édition** : 2002
- **Thématiques** : Antiquité, mariage, guerre, vengeance, mort, hommage

Publié en 2002, *La Mort du roi Tsongor* est un récit épique et tragique. Il a reçu le prix Goncourt des lycéens en 2002 et le prix des libraires en 2003.

En Afrique, dans une Antiquité imaginaire, le roi Tsongor s'apprête à marier sa fille, Samilia, au prince Kouame. Cependant, un deuxième prétendant, Sango Kerim, vient réclamer Samilia en vertu d'un serment prêté jadis. Pour éviter tout conflit, le roi se donne la mort. Malheureusement, cela ne suffit pas à calmer les esprits et la guerre éclate, aussi sanglante qu'absurde. Souba, son plus jeune fils, parcourt alors le royaume à la recherche de sept lieux pour rendre hommage à son père.

LE MARIAGE DE SAMILIA ET LE SUICIDE DU ROI TSONGOR

Alors que la ville de Massaba est en fête en raison du mariage de la princesse Samilia promise à Kouame, Katabolonga, le porteur du tabouret d'or (le symbole du pouvoir), éprouve l'intuition qu'il va tuer le roi Tsongor en ce jour de noces. Un ancien pacte lie en effet le roi et Katabolonga : vingt ans de conquêtes et de combats ont conduit le jeune Tsongor au « pays des rampants », surnommé ainsi en raison de la posture courbée de ses habitants de grande taille (façonnés par l'usage de huttes trop petites pour qu'ils puissent s'y tenir debout). Katabolonga est l'un d'entre eux. Sa famille et son peuple ayant été décimés par Tsongor, il veut se venger et va à la rencontre du souverain. Après avoir entendu Katabolonga et compris son ressentiment, le roi est horrifié par ses propres actes meurtriers. Il lui offre alors sa mort : le dernier des rampants pourra ainsi racheter l'honneur des siens quand il le souhaitera, tout en restant au service de Tsongor pour lui rappeler ses méfaits. Depuis lors, le roi administre son empire avec Katabolonga à ses côtés.

Le jour des présents, au cours duquel il est d'usage que le futur époux comble de trésors la princesse, le fils adoptif du roi, Sango Kerim, vient réclamer Samilia. Celle-ci lui a en effet fait le serment de l'épouser alors qu'ils étaient enfants. Tsongor est confronté à un dilemme tragique : quelle que soit la promesse qu'il honorera, la guerre éclatera. Or il n'est plus le roi fougueux de jadis et sa jeunesse meurtrière animée par la soif de conquête pour bâtir un empire lui fait honte. Aidé par Katabolonga, il décide de se donner la mort pour ne pas prendre d'engagement pour l'un des deux partis et ainsi éviter tout sujet de conflit. Avant de s'exécuter, il fait venir Souba, son plus jeune fils, et le charge de construire sept tombeaux à travers le monde pour honorer sa mémoire. À la fin de sa mission, son fils devra choisir l'un des sept édifices pour enterrer définitivement son père. À Katabolonga, le roi confie la pièce qui paiera son passage dans le monde des morts, le chargeant de la lui rendre lorsque Souba reviendra, afin qu'il puisse payer le passeur de l'au-delà et enfin trouver la paix parmi les morts. Il se condamne ainsi à être un esprit errant jusqu'à ce que Souba ait accompli son devoir. Katabolonga se rend compte que sa soif de vengeance a disparu en raison de son attachement envers le roi. Tsongor se tranche pourtant les veines : son ami l'achève à contrecœur pour mettre fin à ses souffrances.

Le deuil s'abat sur Massaba que Souba quitte en silence dans la nuit. Des femmes accrochent un voile noir à sa mule pour annoncer aux autres peuples du royaume la mort du roi et le malheur tombé sur la cité.

De leur côté, Kouame et Sango Kerim se présentent tous deux pour revendiquer Samilia. Refusant la volonté du roi qui désirait que la princesse ne soit à aucun d'entre eux, une guerre s'annonce dans le royaume. L'armée nomade de Sango Kerim, composée des tribus des chefs Bandiagara, Karavanath et Rassamilagh, occupe les quatre collines Nord, tandis que l'armée de Kouame, qui occupe les trois collines Sud, a pour chefs Barnak, Tolorus et Arkalas. Les ennemis sont de forces égales.

UNE GUERRE DOMINÉE PAR LA FOLIE ET LA VENGEANCE

Le soir de la première bataille, Samilia annonce à Kouame qu'elle veut rester fidèle à son passé et à Sango Kerim, malgré l'amour qu'elle lui porte. Danga, fils de Tsongor, accuse son frère jumeau Sako de s'approprier le pouvoir et de ne pas soutenir leur ami d'enfance Sango Kerim. Il rejoint avec Samilia le campement de Sango Kerim et divise ainsi la fraterie Tsongor.

Lors de la seconde bataille, l'armée de Massaba, conduite par Liboko, se joint à Kouame. Bandiagara jette un maléfice à l'armée de travestis d'Arkalas pour que ses soldats s'entre-tuent. Arkalas est le seul survivant. Sango Kerim emporte la victoire et investit les trois collines Sud.

La ville est assiégée. Lors d'un assaut, Liboko tient Sango Kerim à sa merci, mais il ne peut se résoudre à le tuer : Orios en profite pour l'abattre. À la vue de son fils mort, l'âme de Tsongor supplie Katabolonga de lui donner la pièce pour qu'il puisse passer de l'autre côté et trouver la paix. Ce dernier refuse : le roi lui a fait promettre de garder la pièce jusqu'au retour de Souba.

Après des mois de siège, sentant venir la défaite, Kouame se glisse dans la tente de Samilia. Devant l'évidence de son désir et croyant qu'il va mourir, Samilia se donne à lui. Mais le lendemain, Massaba reçoit le renfort des amazones de Mazébu, la mère de Kouame. Pris à revers, Sango Kerim essuie une défaite. Pour faire cesser le massacre, Kouame propose que Samilia se donne la mort car nul n'aura jamais la victoire. Lorsqu'il apprend qu'elle s'est donnée à son ennemi, Sango Kerim approuve, car ce serait à présent un déshonneur pour lui d'épouser la princesse. Samilia décide pourtant qu'elle n'est plus à personne et qu'ils ne peuvent donc plus se battre pour elle ; la princesse décide de partir.

Arkalas se venge du sort que Bandiagara avait jeté à son armée en lui dévorant le visage. La bataille fait à nouveau rage malgré le départ de Samila. Cet ultime combat à mort montre bien que cette dernière n'a été qu'un prétexte pour déclencher une guerre entre les deux camps.

Le conflit est désormais dominé par la folie et la vengeance. La dernière mêlée est décrétée jusqu'à ce que mort s'ensuive. Barnak décapite Sango Kerim, puis, aveuglé par la drogue, transperce la gorge de Kouame, avant d'être massacré à son tour. Danga ouvre le ventre de son frère Sako, qui le frappe mortellement au pied avant de mourir. Tsongor regarde passer les derniers morts, parmi lesquels ses enfants. Il les maudit avec mépris et les accuse d'avoir sacrifié et oublié Samilia, qui erre à présent seule dans le royaume et vers ses frontières, rongée par la honte et les regrets.

SEPT TOMBEAUX À L'IMAGE DU ROI TSONGOR

Pendant ce temps, Souba arrive à Saramine, la ville suspendue. Chargé de dresser le portrait de son père, il consacre un monument funéraire construit dans le monde à chaque figure particulière du roi : l'explorateur, le guerrier, le père, le bâtisseur, le père, le barbare et Tsongor l'homme. Il décide d'ériger un premier tombeau dans les jardins de Saramine, à l'image de Tsongor le glorieux.

Dans le désert de pierres, Galash, un ancien soldat de Tsongor qui le maudit pour avoir conduit ses hommes à la folie et au massacre, mène Souba à une crique putride et macabre, où agonisent des tortues prises au piège. Souba y érige le tombeau de Tsongor le tueur.

Dans les collines des deux soleils, en cherchant un tombeau pour son père, Souba découvre le lieu où il veut être lui-même enterré : humblement, au pied d'un cyprès, dans le soleil, le calme et l'apaisement.

Dans les terres sulfureuses, Souba rencontre l'Oracle et lui demande conseil sur le choix de lieu du véritable tombeau de son père, là où son corps reposera. La vieille femme lui annonce que pour le trouver, il devra avoir honte, tel un Tsongor, et se met à rire, provoquant la colère du jeune homme. Il la tue alors sur un geste impulsif, fait l'apprentissage de la honte lorsqu'il réalise son acte et part se cacher dans les hautes montagnes du Nord. Il y découvre un palais creusé dans la roche : ce sera la dernière demeure du roi Tsongor, majestueuse et hors du monde.

Après avoir erré toute sa vie à la recherche d'une dernière demeure pour son défunt père, Souba retrouve Massaba en ruines, envahie par la végétation et habitée par les singes. Il transporte la dépouille du roi dans les montagnes et Katabolonga place la pièce dans la bouche de son ami. C'est la deuxième mort du roi Tsongor, suivie de près par celle de son fidèle serviteur qui se paralyse pour l'éternité dans sa posture de garde. Souba est le dernier survivant du clan Tsongor. Il décide d'ériger un palais en hommage à Samilia, où les êtres errants pourront se réfugier, dans l'espoir qu'un jour elle y pénètrera.

ÉTUDE DES PERSONNAGES

LE ROI TSONGOR

Le personnage du roi Tsongor est placé au cœur du roman, en témoigne le titre éponyme qui n'appréhende finalement le protagoniste que par le biais de sa mort. En effet, cette dernière est un élément structurant car elle est le point d'origine de la guerre et du voyage initiatique de Souba. Ce conflit dure des années : l'âme de Tsongor, pris entre deux mondes, suit les batailles et assiste au passage des morts. Il trouve finalement la paix lorsque Souba l'enterre dans le tombeau des montagnes.

Tsongor est un personnage ambigu, contradictoire et obscur, tourmenté par son passé dont la part sombre se découvre au fur et à mesure du récit. Lorsque son père, sur son lit de mort, refuse de lui donner son royaume en héritage et se moque de lui, Tsongor est hanté par le rire de son père. Il part avec pour seul bien une pièce de monnaie rouillée : elle illustre le fait qu'il commence sa vie sans richesses, déterminé à conquérir le monde. Vingt ans de conquêtes et de tueries durant la guerre qu'il mène le portent à la tête d'un Empire immense et merveilleux : il a vieilli dans le sang, monté sur son cheval. Las, il décide de cesser son expansion et d'administrer son royaume. Le chef de guerre sanguinaire cède la place à un père généreux et un souverain plein de sagesse.

Le portrait de Tsongor que construit Souba au fil de sa quête d'un tombeau pour son père immortalise sa mémoire et son identité historique dans des lieux hautement symboliques. Ainsi découvre-t-on progressivement les différentes facettes du personnage suivant les lieux choisis par son fils :

- Tsongor le glorieux : un palais splendide dans les jardins suspendus de la ville de Saramine ;
- Tsongor le bâtisseur : une pyramide dans la forêt des baobabs hurleurs ;
- Tsongor l'explorateur : une ile-cimetière dans l'archipel des manguiers, le dernier territoire avant le néant ;
- Tsongor le guerrier : des salles troglodytiques peuplées d'« une armée immense de soldats de pierre » (*ibid.*) dans les plateaux rocailleux des terres du Centre ;
- Tsongor le père : une haute tour avec à sa cime une pierre translucide dans le désert des figuiers ;
- Tsongor le tueur et le sauvage : un tombeau maudit dans une crique putride et mortifère du désert de pierres ;
- Tsongor lui-même : le palais creusé dans la roche dans les hautes montagnes du Nord, « somptueux mais caché » (p. 194), qui sera sa « dernière demeure » (p. 177).

KATABOLONGA

Dernier homme de la tribu des rampants, constituée d'êtres grands mais se tenant constamment voutés, Katabolonga est le porteur du tabouret d'or du roi et son premier serviteur. Alors que son peuple a été décimé par Tsongor, il veut se venger de ce massacre et rencontre le roi. Ce dernier, en échange du mal qu'il lui a causé, lui offre sa mort : il pourra se venger en lui prenant la vie. Katabolonga refuse de la lui enlever immédiatement et reste à ses côtés afin de lui rappeler sa cruauté pendant la guerre, notamment le massacre du peuple des rampants. Il aura le droit de venger les siens quand le moment lui semblera opportun.

Katabolonga devient ainsi l'ombre du roi, lui rappelant le mal qu'il a causé à travers le monde, devenant par là même l'incarnation de sa honte. Avec le temps, une amitié profonde se tisse pourtant entre les deux hommes, si bien que le rampant se trouve dans une position tragique : son devoir de mémoire envers son peuple lui crie de prendre la vie du roi (il est animé par la sensation que la vie de Tsongor devra s'arrêter en cette journée) tandis que son amitié pour lui l'empêche d'agir. Pourtant, il doit honorer sa promesse et c'est ce qu'il fait : alors que le roi se taillade les veines pour se donner la mort, c'est Katabolonga qui lui porte le coup fatal.

Homme de confiance, digne et droit, il est le personnage qui veille à ce que la parole de chacun soit respectée. Dans le récit, il a pour mission de garder la pièce permettant à Tsongor de passer la rive le séparant du monde des morts : il doit la lui remettre lorsque son fils Benjamin Souba, aura érigé sept tombeaux en l'honneur de son père et en aura choisi un pour qu'il repose en paix. Alors seulement, Katabolonga remet l'obole au roi défunt et meurt auprès de lui, soulagé de son double fardeau.

SANGO KERIM

Sango Kerim est l'« élément perturbateur » dans la structure du récit. Son arrivée bouleverse les projets de Tsongor et transforme une ville festive en lieu de deuil et de sang.

Il a pourtant une profonde affection pour le roi Tsongor, qu'il considère comme son père car il l'a élevé jadis avec ses propres enfants. Mais il est amoureux de Samilia : il a quitté Massaba à l'âge de 15 ans afin de devenir un homme digne d'elle en gagnant mérite, peuple et noblesse. Pendant ces années d'absence, il était encouragé par la promesse qu'elle lui avait faite de l'épouser. Il est devenu un prince nomade, entouré de compagnons fidèles et capables de lever une armée.

LE PRINCE KOUAME

Kouame est le prince des terres du sel, fils de la reine amazone Mazébu. Il est le fiancé de Samilia, soigneusement choisi par le roi Tsongor. Il est beau, puissant et offre son royaume ainsi que sa vie pour être digne d'épouser Samilia (à la cérémonie des présents, il verse de la terre et du sang aux pieds du roi Tsongor, offrant ainsi à la princesse son royaume et sa vie).

Bien qu'ils se détestent mutuellement, Sango Kerim et Kouame ont de nombreux points communs :

- leur bravoure, la loyauté de leurs compagnons et leur sens des valeurs (morales, guerrières, etc.) les caractérisent pareillement ;
- tous deux s'engagent dans la guerre pour laver l'offense qui leur est faite et par amour pour Samilia ;
- ils ont eu l'occasion de mettre fin au conflit et ne l'ont pas fait, aveuglés par l'orgueil et la vengeance ;
- tous deux échouent car aucun n'a mis à mort l'autre. En

effet, dans la dernière bataille, c'est Barnak qui, pris d'une folie incontrôlable (devenant incapable de reconnaitre son propre camp), les tue l'un après l'autre. Leur mort symbolise l'absurdité de la guerre.

SAMILIA

Samilia est l'unique fille du roi Tsongor. Ses noces représentent la consécration de la vie de son père qui souhaite plus que tout trouver un homme à sa hauteur et la mettre à l'abri du besoin. Cette princesse est belle et désirable, mais elle est la femme de deux hommes. Sango Kerim incarne la sécurité, la fidélité à son passé et la cohérence envers elle-même. Pourtant, elle est amoureuse de Kouame qui fait naitre en elle la passion : en cela, il représente l'incertitude de l'avenir. Elle choisit de soutenir le premier en raison de sa promesse passée mais se donne à Kouame par amour, le croyant perdu. Lorsqu'elle part, rejetée par les deux hommes qui ont cessé depuis plusieurs années de se battre pour elle, elle n'a plus ni passé ni avenir. Dès lors, elle erre dans des terres inexplorées, sans nom et sans histoire : sous prétexte de se battre pour elle, ses prétendants l'ont oubliée et sacrifiée, la haine et l'envie de vengeance ayant pris le dessus. Héroïne tragique inspirée d'Hélène de Troie (personnage de la mythologie grecque), elle est au cœur du conflit. Deux hommes se battent pour elle, mais nul ne respecte son choix. Elle subit la honte d'être responsable de tant de morts, avant de comprendre que seules la vengeance et la folie conduisent les hommes sur le champ de bataille.

SOUBA

Souba est le plus jeune fils du roi Tsongor. Il est celui qui reste le plus fidèle à sa mémoire et le seul qui n'oublie pas Samilia, avec qui il partage un lien très fort (ils sont presque du même âge et ont été élevés ensemble). En effet, après avoir trouvé l'ultime tombeau de son père, il se charge d'ériger un palais en l'honneur de sa sœur. Il est le seul survivant du clan Tsongor et fait l'objet d'un traitement à part dans le roman. Quand la vie de ses frères s'achève, paradoxalement, la sienne commence après des années d'errance. Il incarne l'espoir et l'avenir, cette part d'humanité qui survit à la destruction et à la malédiction.

SAKO ET DANGA

Sako et Danga sont les deux fils ainés de Tsongor. Ils sont jumeaux, mais Sako est né deux heures avant Danga. À la mort du roi, Sako, en qualité d'ainé, prend la tête de Massaba et choisit de s'allier au prince Kouame. Danga décide quant à lui de rester fidèle à leur ami d'enfance, Sango Kerim. Les deux frères se font alors la guerre. La conquête du pouvoir est au cœur de leur affrontement. Après avoir tué son frère, Danga se croit victorieux : il pourra ainsi « ouvrir les portes de la ville en seigneur » (p. 189). Néanmoins, il meurt à son tour, deux heures après son frère, de ses blessures. En tuant son jumeau, il se tue lui-même. Sako et Danga incarnent la guerre intestine et le déchirement du clan Tsongor. Le lien de gémellité peut aussi figurer la dualité de l'âme, déchirée entre la volonté de pouvoir et l'amour filial.

LIBOKO

Liboko est le troisième fils de Tsongor. Fidèle à Sako, l'ainé de la fratrie qui prend à sa charge la direction de Massaba, il se range lui aussi du côté de Kouame pendant le conflit. Guerrier impitoyable et sauvage, il redevient vulnérable et sans défense lorsqu'il se trouve face à son ami d'enfance Sango Kerim. C'est cet instant d'humanité dans l'horreur de la guerre qui causera sa perte. Il est le premier fils de Tsongor à perdre la vie.

CLÉS DE LECTURE

UNE ANTIQUITÉ IMAGINAIRE

L'histoire se déroule dans un contexte historiquement neutre, qu'aucune date ne permet de fixer précisément. Le lecteur peut uniquement situer les évènements dans une antiquité lointaine et imaginaire. Pour donner vie à cet univers, l'auteur s'inspire de plusieurs traditions appartenant à la période antique.

Inspiration gréco-latine

Laurent Gaudé s'inspire dans un premier temps de thématiques répandues dans les récits antiques et de la mythologie gréco-latine.

Dans un premier temps, on constate que des emprunts aux coutumes païennes gréco-latines comme la pièce de monnaie permettant à Tsongor d'accéder au monde des morts et de quitter définitivement celui des vivants, font écho aux traditions religieuses antiques. S'inspirant sans doute des enfers païens, l'auteur fait ici référence à l'obole laissée aux morts pour qu'ils puissent payer Carron, le passeur du Styx, fleuve des enfers. Dans le récit, le roi ne peut ainsi reposer en paix que lorsque Katabolonga lui glisse dans la bouche une vieille pièce rouillée.

Toutefois, outre les éléments empruntés aux traditions païennes, on retrouve également une inspiration culturelle issue des registres épique et tragique, dominant les arts à cette époque.

- Emprunts au registre tragique :
  - **une issue tragique inévitable.** La mort du roi annoncée dans le titre la rend inévitable. En effet, elle apparait nécessaire au roi pour tenter de maintenir la paix. Toutefois, cette entreprise semble vaine, malgré toutes les précautions prises par Tsongor : sa mort annonce celle de son héritage et de ses héritiers, le conflit est inéluctable ;
  - **une famille maudite.** Inspiré par les Atrides et les Labdacides, deux familles damnées au centre de plusieurs tragédies grecques, l'auteur attribue une malédiction héréditaire à la famille de Tsongor : la colère et la violence d'une part, l'errance et la honte d'autre part ;
  - **des héros tragiques.** De noble naissance, les personnages deviennent de véritables héros tragiques. Ainsi, Samilia, princesse qui provoque une guerre en rompant sa promesse d'engagement faite à Sango Kerim, peut être apparentée à Hélène de Troie. Elle reste digne alors qu'elle est bafouée et oubliée, quittant le royaume par sacrifice, dans la douleur. Danga, qui meurt d'une blessure à la cheville, peut également être rapproché du héros grec Achille, qui succomba d'une blessure au talon, seule partie vulnérable de son corps.
- Emprunts au registre épique :
  - **l'amour d'une femme à l'origine du conflit.** On peut aisément faire un parallèle entre la guerre de Troie et le conflit qui anime Massaba. En effet, comme le relate Homère (aède de la fin du VIIIe siècle av. J.-C.) dans l'*Iliade*, il s'agit d'une bataille pour obtenir – à

l'origine – le cœur de Samilia, de la même manière que les Troyens et les Grecs entamèrent leur conflit par l'enlèvement d'Hélène de Sparte. Dans les deux cas, un siège a lieu (ici celui de Massaba, chez Homère celui de Troie) ;

- ◦ **les actes guerriers.** Les exploits guerriers décrits ici ne sont pas sans rappeler ceux des héros antiques. Gaudé s'inspire très probablement de la folie meurtrière animant certaines batailles et certains personnages antiques, tels qu'Achille et Hector, tous deux habités par un désir de vengeance qui les fait sombrer dans une folie destructrice et sanglante. Dans le roman étudié, c'est le cas notamment des trois premiers fils de Tsongor (Sako, Danga et Liboko), de Kouame, Sango Kerim, mais aussi d'Akalas et Bandiagara ;
- ◦ **le souffle épique des épopées antiques.** Le registre épique, marqué notamment dans son style par de nombreuses accumulations, amplifications et d'exagération représentant violence et courage des héros, est repris par Laurent Gaudé, notamment lors de la narration des batailles :

> « C'était comme une mêlée de sangliers. Les têtes étaient fracassées. Des jets de sang venaient inonder les visages. Les armures étaient éventrées. Une clameur horrible de râles guerriers faisait trembler les vieux murs immobiles de Massaba. » (p. 188)

Inspiration africaine

L'auteur, pour créer une antiquité atemporelle et unique, s'inspire également de la faune, de la flore et des traditions africaines :

- les noms des personnages, formés de voyelles ryth-
  miques, laissent apparaitre une certaine parenté avec
  les noms de certaines tribus d'Afrique (par exemple,
  les noms des peuples Tsinga et Tsongo du Cameroun et
  d'Afrique du Sud ne sont pas sans rappeler celui du roi
  Tsongor) ;
- de nombreux peuples vivent par clans et sont nomades ;
- les personnages de Sango Kerim et Katabolonga portent
  des amulettes, objet de protection censé porter chance,
  faisant référence à des cultures variées mais surtout au
  peuple d'Égypte de l'Antiquité qui accordait une grande
  importance à ces amulettes ;
- la faune et la flore sont marquées : Massaba est entourée de collines de sables, faisant allusion à une région
  désertique, tandis qu'il est question d'oasis et d'animaux
  vivants sur le continent d'Afrique tels que les hyènes et
  les singes hurleurs.

Inspiration orientale

Enfin, de nombreux détails convoquent également un imaginaire tourné vers le monde oriental :

- le clan de Kouame semble faire référence à la culture
  asiatique. Il vient des « terres de sel », précision faisant
  écho à une culture pratiquée dans plusieurs pays d'Asie.
  De plus, sa mère Mazebu chevauche un zébu, tout comme
  ses amazones : le bovin, typique notamment dans les
  élevages tibétains, fait référence à la faune asiatique ;
- la thématique du lever et coucher du soleil est présente

tout au long du récit, rythmant ainsi les journées. Elle était très prisée dans les récits du XIXe siècle voulant témoigner d'un certain exotisme oriental tel que dans la nouvelle *Hérodias* (1877) de Flaubert (écrivain français, 1821-1880) ;

- le fait que les protagonistes soient des personnages de haut rang et que leurs histoires se séparent et se croisent au fil du récit peut renvoyer à l'univers des *Mille et Une Nuits*, contes indiens et persans dans lesquelles les différentes histoires sont apparentées et entremêlées.

UNE DIVERSITÉ DES GENRES LITTÉRAIRES

Laurent Gaudé emprunte également les caractéristiques de plusieurs genres littéraires reconnaissables au fil du roman.

Un roman marqué par la tradition du conte

S'il ne commence pas par la traditionnelle formule « il était une fois », le récit de la mort du roi Tsongor relève pourtant parfois de l'univers du conte :

- l'histoire est marquée par son atemporalité, l'impossibilité pour le lecteur de la situer dans un contexte très précis ;
- l'univers décrit renvoie à plusieurs reprises à un registre merveilleux, propre au conte :
  - le tabouret d'or, objet précieux de pouvoir, peut être également vu comme un objet magique ;
  - la magie tient une place importante dans le récit. Bandiagara jette un sort à Arkalas et son armée, l'âme errante du roi Tsongor anime encore son corps alors

qu'il est mort

- les personnages sont issus d'une lignée noble ;
- la présence du chiffre sept, élément récurrent des contes que l'on retrouve dans de nombreux récits comme *Blanche-Neige et les sept nains*. Ce chiffre représente souvent le nombre d'étapes à franchir par les protagonistes :
  - Massaba est entourée de sept collines ;
  - durant son voyage, Souba doit ériger sept tombeaux pour son défunt père.
- la quête de Souba, durant laquelle le personnage tire des enseignements et dégage une moralité :
  - rechercher sept lieux pour construire des cryptes en mémoire de son père lui permet de découvrir quel homme son père a été, mais aussi de découvrir qui il est lui-même. Il prend conscience de sa colère, de sa honte, et de la violence de la guerre après avoir tué l'Oracle et avoir retrouvé Massaba ;
  - le roman se clôt sur une morale. La guerre est une cause perdue d'avance qui ne profite à personne. Elle laisse croitre violence et colère chez les hommes, les aveugle et leur fait oublier la véritable origine du conflit : la main de Samilia. La guerre aura fait perdre à cette dernière son identité et l'aura privée de tout destin.

Un récit de formation : la quête de Souba

En parallèle du récit de la guerre et du siège de Massaba, on suit le personnage de Souba dans sa quête des sept tombeaux du roi Tsongor. Souba est le plus jeune des enfants du roi : il est à l'aube de sa vie. Tout au long du roman, il effectue une sorte d'errance initiatique et solitaire. Il doit faire face à des épreuves et des rencontres décisives. En parcourant le royaume, Souba explore le personnage de Tsongor et sa propre intériorité. De plus, comme dans toute quête, c'est lui-même qu'il trouve à la fin de son parcours. Son initiation se résume en différentes étapes :

- **première étape :** la lumineuse ville de Saramine où il se libère de son deuil et renonce aux pleurs. Il y construit le premier tombeau, tout en prenant conscience que sa mission consiste à dresser le portrait de son père ;
- **deuxième étape :** la construction des tombeaux à travers le royaume ;
- **troisième étape :** le découragement devant l'ampleur de la tâche et la complexité du personnage de Tsongor, puis la découverte du lieu où lui-même reposera, sous un cyprès dans les terres ensoleillées ;
- **quatrième étape :** la rencontre et le meurtre de l'Oracle, un moment charnière et crucial car Souba devient un Tsongor et connait la honte pour la première fois, recevant ainsi l'héritage de son père ;
- **cinquième étape :** la honte lui permet de découvrir le tombeau où reposera son père car, symboliquement, il découvre son père ;
- **sixième étape :** le retour à la vie, la maturité, car il comprend que son père l'a éloigné de la vie justement pour le maintenir en vie : en lui confiant cette mission, Tsongor préserve son fils du conflit. Il décide enfin d'ériger un palais pour Samilia.

Les évènements extérieurs sont révélateurs du cheminement intérieur de Souba. Son parcours initiatique témoigne d'une réflexion sur l'homme, confronté au devoir, à la solitude et à la honte.

L'écriture théâtrale

La Mort du roi Tsongor emprunte de nombreuses particularités à la dramaturgie. Bien que ces dernières ne soient pas systématiques, elles confèrent au roman une dimension résolument théâtrale, que l'attrait de l'auteur pour cet art ne dément pas. Ce roman a d'ailleurs été mis en scène par Claude Brozzoni (acteur et metteur en scène de théâtre) à Annecy en 2009. Ainsi, les personnages et certains évènements sont-ils fortement théâtralisés :

- l'influence de la tragédie classique est très forte dans le roman ;
- la structure du roman en six parties, elles-mêmes fragmentées en courtes scènes centrées sur quelques personnages (qui n'excèdent parfois pas une ou deux pages). Elle fait penser au découpage en actes et en scènes d'une pièce de théâtre ;
- l'insertion dans le corps du récit de longs passages au discours direct, fonctionnant en dehors des dialogues. Les personnages de Gaudé étant des êtres de parole, ce dernier les met en scène dans la parole. C'est par exemple le cas lorsque Katabolonga s'adresse au jeune Tsongor qui a massacré son peuple (discours de Katabolonga et discours de Tsongor qui lui répond) ;
- certains passages, particulièrement intenses, relèvent de la mise en scène et sont théâtralisés. Gaudé dresse par exemple un véritable tableau scénique de la mort du roi,

dont l'image finale est celle du souverain « couché dans une flaque noire », dans « les dernières lueurs » de la lune (p. 49). On trouve une description précise de son geste et du coup de poignard de Katabolonga à travers des phrases brèves, comme des didascalies, après que le roi Tsongor a prononcé sa dernière tirade.

LES SENTIMENTS DE L'HOMME ET L'HÉRITAGE DE TSONGOR

À travers les différents personnages et leur place dans l'histoire, Laurent Gaudé donne à voir une représentation des sentiments humains, passant des plus nobles au plus bas. La plupart découlent de la mort du roi et peuvent être vus comme un héritage que ce dernier laisse, parfois contre sa volonté, à ses fils.

L'amour et la raison

Si la mort du roi est l'élément déclencheur de l'histoire, le mariage de Samilia en est également l'une des causes. En effet, celle-ci doit se marier et à la veille de la cérémonie, un nouveau prétendant vient se présenter au roi. Il s'agit de Sango Kerim, que le roi avait accueilli et élevé parmi ses propres enfants par le passé. Deux sentiments tiraillent Samilia :

- celui de l'amour, de la passion qu'elle commence déjà à ressentir pour Kouame à qui son père l'a promise ;
- la raison, symbolisée par la fidélité qu'elle doit à Sango Kerim, lui ayant fait le serment plus jeune d'attendre son retour et de l'épouser.

Le lecteur note également la présence d'un amour autre que celui déclenchant les passions : l'amour filial et familial. En effet, si c'est pour échapper au jugement des prétendants que Tsongor choisit de mourir, il fait ce choix également par amour pour ses enfants, espérant ainsi que son décès fasse renoncer Sango Kerim et Kouame à leur droit sur la main de sa fille. On retrouve également cet amour familial protecteur à plusieurs reprises, chez Mazébu, mère de Kouame qui vient sauver son fils lors d'un assaut qu'il est en train de perdre.

On peut donc dire que l'amour est autant un sentiment protecteur que dévastateur chez Gaudé, entrant souvent en opposition avec la raison : il entraine des conflits et déchaine les passions.

La colère, la haine et la vanité

Ce sont des motifs conjoints qui animent et conduisent l'une des trames de l'histoire : celle de la guerre. En effet, le mariage annulé et la mort de Tsongor accentuent la rivalité des deux prétendants qui, se détestant mutuellement en raison de leur convoitise pour Samilia, va déclencher une guerre.

Si Kouame et Sango Kerim se disputent le cœur de Samilia, leurs sentiments envers cette dernière s'effacent peu à peu et laissent place à la haine qu'ils se portent mutuellement et qui s'accroit de jour en jour en raison des pertes humaines qu'ils subissent. Dans cette folie meurtrière, ils entrainent leur armée. C'est d'ailleurs sous ce signe qu'est placé le combat final : il ne reste sur les deux fronts que des hommes mus par la colère, la soif de vengeance et habités par une véritable folie meurtrière. Il n'y aura aucun survivant à ce dernier combat. Cette folie meurtrière animant également les princes de Massaba, peut être vue comme un trait héréditaire du roi, ayant eu par le passé une soif de pouvoir et de sang lors de sa conquête des différentes régions de son royaume.

La couardise et la honte

Ces deux sentiments apparaissent également comme un héritage du roi.

Concernant la couardise et la lâcheté, le roi en fait la preuve lorsqu'il décide de supprimer sa vie pour éviter tout conflit, mais surtout pour s'abstenir de faire un choix. Ce trait de caractère va être repris par ses enfants, notamment par Sako et Danga qui se refusent à sauver l'honneur de leur sœur et prennent parti dans le conflit, y ajoutant une animosité nouvelle : celle de leur droit de succession. Enfin, le sentiment de lâcheté est également présent chez les deux prétendants qui, n'ayant pas la force de se battre en duel, entrainent avec eux leur armée, se disputant les terres et richesses de Massaba plus que Samilia.

De plus, alors que la princesse s'est donnée à Kouame, ce dernier révèle à son ennemi qu'il a passé une nuit auprès d'elle et tous deux demandent à Samilia de se donner la mort. Celle-ci les accuse de couardise :

> « Soyez maudits, tous les deux, d'oser vouloir que je me tue. Et vous mes frères, vous ne dites rien. Vous n'avez pas eu un

mot pour vous opposer à ces deux lâches. Je le vois à votre regard, vous consentez à ma mort. Vous l'espérez. Soyez maudits vous aussi, par le roi Tsongor, votre père. » (p. 171)

La malédiction qu'elle leur jette inscrit encore une fois les sentiments dans un héritage laissé par la mémoire du roi qu'ils bafouent.

La honte apparait également comme un sentiment faisant partie de l'identité et de l'héritage de Tsongor. Le vieux roi le ressent alors qu'il rencontre Katabolonga et se sent honteux des actes meurtriers qu'il a accomplis. Ce sentiment, le lecteur le découvre aux côtés de Souba, dans sa quête des tombeaux. C'est en cherchant un lieu représentant les qualités de son père que le jeune homme en découvre également les défauts, les ressentant à son tour lorsqu'il réalise que sa colère et sa folie meurtrière l'ont poussé à tuer l'Oracle qui se riait de lui et de ses questions. C'est également le fardeau que Samilia doit porter lorsqu'elle quitte les terres de Massaba pour l'inconnu : elle a honte de ne pas s'être interposée plus tôt entre les partis, ce qui aurait ainsi pu éviter la guerre.

La loyauté et le devoir de mémoire

Enfin, ce sont le sentiment de loyauté et le devoir de mémoire qui rythment et achèvent le roman. En effet, peu avant sa mort, Tsongor donne à Katabolonga et à son dernier fils les directives finales à effectuer afin que son âme puisse trouver la paix.

Les deux hommes, fidèles à leur tâche, incarnent une loyauté envers le roi, mus par un devoir de mémoire. Souba, dans sa quête, découvre qui était son père et honore sa mémoire au péril de sa vie dont il ne peut profiter, écrasé par cette charge lourde à porter. Katabolonga incarne une loyauté et une droiture sans faille : il est le personnage loyal dont la parole est inébranlable. Lorsque le roi réalise que son héritage part dans le feu et le sang, il le supplie de lui donner plus tôt qu'indiqué la pièce rouillée permettant à son âme de gagner la rive du royaume des morts. Katabolonga refuse pourtant et attend le retour de Souba à Massaba, alors qu'il se trouve seul dans la cité détruite et reprise par la nature. Ils transportent ensuite Tsongor dans son tombeau et lui donnent la pièce qui apaisera son âme. Katabolonga meurt en ami et loyal serviteur, paralysé à jamais dans sa posture de garde du tombeau du roi.

À travers cette polyphonie générique, Laurent Gaudé met en scène une histoire tragique et épique dont l'élément prédominant est la mort du roi. Décidée afin de conserver la paix et d'étouffer le potentiel conflit entre les prétendants de sa fille, la disparition du monarque ne fait qu'attiser les passions. Le fait de recourir à plusieurs genres et références culturelles, de construire une antiquité imaginaire et atemporelle permet de mettre en évidence l'universalité des sentiments de l'homme, ses erreurs – dont la guerre, présentée comme inutile et destructrice, est centrale – mais aussi sa grandeur – symbolisée par sa loyauté, son pardon et son amour.

PISTES DE RÉFLEXION

QUELQUES QUESTIONS POUR APPROFONDIR SA RÉFLEXION...

- À quelle(s) grande(s) épopée(s) antique(s) le roman se réfère-t-il ? Expliquez votre réponse.
- Quelles sont les deux aventures qui fondent l'intrigue du roman ?
- En quoi ce roman est-il un récit initiatique ?
- Comment la guerre est-elle représentée dans *La Mort du roi Tsongor* ?
- Quels éléments de la tragédie se retrouvent dans le roman ?
- Quelle est l'importance du lien de génération dans ce roman ?
- À votre avis, pourquoi l'auteur a-t-il choisi comme titre *La Mort du roi Tsongor* ? Vous semble-t-il adéquat ? Justifiez votre réponse.
- Qui est Katabolonga ? Quel est son rôle dans l'histoire ?
- Laurent Gaudé affirme qu'il est particulièrement intéressé par certains thèmes tels que la mort, la honte, la vengeance ou la transmission. Expliquez en quoi *La Mort du roi Tsongor* développe chacune de ces thématiques.
- Ce roman pourrait-il être adapté au théâtre ? Comment ?

Votre avis nous intéresse !
Laissez un commentaire sur le site de votre librairie en ligne
et partagez vos coups de cœur sur les réseaux sociaux !

POUR ALLER PLUS LOIN

ÉDITION DE RÉFÉRENCE

- GAUDÉ L., *La Mort du roi Tsongor*, Arles, Actes Sud, coll. « Babel », 2002.

ÉTUDES DE RÉFÉRENCE

- Le site Internet officiel de Laurent Gaudé, consulté le 12 décembre 2016, http://www.laurent-gaude.com
- PUREN O., « Les contes africains : une école de la transmission de la tradition », in *La revue de Téhéran*, n°52, mars 2010, consulté le 12 décembre 2016, http://www.teheran.ir/spip.php?article1141#gsc.tab=0

SUR LEPETITLITTÉRAIRE.FR

- Fiche de lecture sur *Eldorado* de Laurent Gaudé.
- Fiche de lecture sur *Le Soleil des Scorta* de Laurent Gaudé.

Retrouvez notre offre complète sur lePetitLittéraire.fr

- des fiches de lectures
- des commentaires littéraires
- des questionnaires de lecture
- des résumés

ANOUILH
- Antigone

AUSTEN
- Orgueil et Préjugés

BALZAC
- Eugénie Grandet
- Le Père Goriot
- Illusions perdues

BARJAVEL
- La Nuit des temps

BEAUMARCHAIS
- Le Mariage de Figaro

BECKETT
- En attendant Godot

BRETON
- Nadja

CAMUS
- La Peste
- Les Justes
- L'Étranger

CARRÈRE
- Limonov

CÉLINE
- Voyage au bout de la nuit

CERVANTÈS
- Don Quichotte de la Manche

CHATEAUBRIAND
- Mémoires d'outre-tombe

CHODERLOS DE LACLOS
- Les Liaisons dangereuses

CHRÉTIEN DE TROYES
- Yvain ou le Chevalier au lion

CHRISTIE
- Dix Petits Nègres

CLAUDEL
- La Petite Fille de Monsieur Linh
- Le Rapport de Brodeck

COELHO
- L'Alchimiste

CONAN DOYLE
- Le Chien des Baskerville

DAI SIJIE
- Balzac et la Petite Tailleuse chinoise

DE GAULLE
- Mémoires de guerre III. Le Salut. 1944-1946

DE VIGAN
- No et moi

DICKER
- La Vérité sur l'affaire Harry Quebert

DIDEROT
- Supplément au Voyage de Bougainville

DUMAS
- Les Trois
  Mousquetaires

ÉNARD
- Parlez-leur
  de batailles,
  de rois et
  d'éléphants

FERRARI
- Le Sermon sur la
  chute de Rome

FLAUBERT
- Madame Bovary

FRANK
- Journal
  d'Anne Frank

FRED VARGAS
- Pars vite et
  reviens tard

GARY
- La Vie devant soi

GAUDÉ
- La Mort du
  roi Tsongor
- Le Soleil des
  Scorta

GAUTIER
- La Morte
  amoureuse
- Le Capitaine
  Fracasse

GAVALDA
- 35 kilos d'espoir

GIDE
- Les
  Faux-Monnayeurs

GIONO
- Le Grand
  Troupeau
- Le Hussard
  sur le toit

GIRAUDOUX
- La guerre de
  Troie
  n'aura pas lieu

GOLDING
- Sa Majesté des
  Mouches

GRIMBERT
- Un secret

HEMINGWAY
- Le Vieil Homme
  et la Mer

HESSEL
- Indignez-vous !

HOMÈRE
- L'Odyssée

HUGO
- Le Dernier Jour
  d'un condamné
- Les Misérables
- Notre-Dame
  de Paris

HUXLEY
- Le Meilleur
  des mondes

IONESCO
- Rhinocéros
- La Cantatrice
  chauve

JARY
- Ubu roi

JENNI
- L'Art français
  de la guerre

JOFFO
- Un sac de billes

KAFKA
- La Métamorphose

KEROUAC
- Sur la route

KESSEL
- Le Lion

LARSSON
- Millenium I. Les
  hommes qui
  n'aimaient pas
  les femmes

LE CLÉZIO
- Mondo

LEVI
- Si c'est un
  homme

LEVY
- Et si c'était vrai…

MAALOUF
- Léon l'Africain

MALRAUX
- La Condition humaine

MARIVAUX
- La Double Inconstance
- Le Jeu de l'amour et du hasard

MARTINEZ
- Du domaine des murmures

MAUPASSANT
- Boule de suif
- Le Horla
- Une vie

MAURIAC
- Le Nœud de vipères

MAURIAC
- Le Sagouin

MÉRIMÉE
- Tamango
- Colomba

MERLE
- La mort est mon métier

MOLIÈRE
- Le Misanthrope
- L'Avare
- Le Bourgeois gentilhomme

MONTAIGNE
- Essais

MORPURGO
- Le Roi Arthur

MUSSET
- Lorenzaccio

MUSSO
- Que serais-je sans toi ?

NOTHOMB
- Stupeur et Tremblements

ORWELL
- La Ferme des animaux
- 1984

PAGNOL
- La Gloire de mon père

PANCOL
- Les Yeux jaunes des crocodiles

PASCAL
- Pensées

PENNAC
- Au bonheur des ogres

POE
- La Chute de la maison Usher

PROUST
- Du côté de chez Swann

QUENEAU
- Zazie dans le métro

QUIGNARD
- Tous les matins du monde

RABELAIS
- Gargantua

RACINE
- Andromaque
- Britannicus
- Phèdre

ROUSSEAU
- Confessions

ROSTAND
- Cyrano de Bergerac

ROWLING
- Harry Potter à l'école des sorciers

SAINT-EXUPÉRY
- Le Petit Prince
- Vol de nuit

SARTRE
- Huis clos
- La Nausée
- Les Mouches

SCHLINK
- Le Liseur

SCHMITT
- La Part de l'autre
- Oscar et la
  Dame rose

SEPULVEDA
- Le Vieux qui
  lisait des romans
  d'amour

SHAKESPEARE
- Roméo et Juliette

SIMENON
- Le Chien jaune

STEEMAN
- L'Assassin
  habite au 21

STEINBECK
- Des souris et
  des hommes

STENDHAL
- Le Rouge et
  le Noir

STEVENSON
- L'Île au trésor

SÜSKIND
- Le Parfum

TOLSTOÏ
- Anna Karénine

TOURNIER
- Vendredi ou
  la Vie sauvage

TOUSSAINT
- Fuir

UHLMAN
- L'Ami retrouvé

VERNE
- Le Tour
  du monde
  en 80 jours
- Vingt mille
  lieues sous
  les mers
- Voyage au
  centre de
  la terre

VIAN
- L'Écume des jours

VOLTAIRE
- Candide

WELLS
- La Guerre des
  mondes

YOURCENAR
- Mémoires
  d'Hadrien

ZOLA
- Au bonheur
  des dames
- L'Assommoir
- Germinal

ZWEIG
- Le Joueur
  d'échecs

www.lepetitlitteraire.fr

ISBN version numérique : 978-2-8062-9276-6
ISBN version papier : 978-2-8062-9277-3
Dépôt légal : D/2016/12603/967

Avec la collaboration d'Apolline Boulanger pour l'étude des personnages de Katabolonga et Liboko ainsi que pour les chapitres « Une Antiquité imaginaire », « Un roman marqué par la tradition du conte » et « Les sentiments de l'homme et l'héritage de Tsongor ».

Conception numérique : Primento,
le partenaire numérique des éditeurs.

Ce titre a été réalisé avec le soutien de la Fédération Wallonie-Bruxelles, Service général des Lettres et du Livre.